© 2021 SIOBUD, Neimad
Édition : BoD – Books on Demand, 12/14 rond-point des
Champs-Élysées, 75008 Paris
Impression : BoD - Books on Demand, Norderstedt,
Allemagne
ISBN : 9782322395743
Dépôt légal : Septembre 2021

# Un déménagement presque normal

**Neimad Siobud**

# Un déménagement presque normal

# Chapitre I : les premières planifications

## LES LIVRES

Bonsoir Fabienne, c'est Neimad SIOBUD, l'adulte handicapé qui vous a contacté par téléphone cet après-midi.

Comme promis, voici une douzaine de photos prises chez ma mère aujourd'hui (dans de mauvaises conditions). Je n'ai pas compté, mais cela fait bien une centaine de livres dont des livres d'art (et quelques magazines scientifiques). Excusez-moi s'il n'y a que la tranche des livres, je suis fatigué et limité en temps pour ces démarches qui remuent pas mal, une sorte de deuil, même si ma mère ne fait que changer de logement.

Le déménagement aura lieu le 20 août, tout ou presque devra être parti avant, cela soulagerait ma mère de voir les choses avancer…

Ma sœur, jeune retraitée, sera présente à partir du 16 dans l'après-midi, je ne sais pour combien de temps. Elle est partie en vacances, je la mets en copie de ces quatre *mails*. Merci de ne la contacter avant le 16 qu'en cas de nécessité.

Si vous prenez le tout, je pense que tout le monde serait arrangeant. Merci alors de nous donner une fourchette de prix.

Je vais quand même contacter après vous un ami à qui j'ai donné de mes propres livres, pour le soutenir en période de COVID cet hiver.

Ma mère est de Sablé, je lui ferai suivre la conclusion de nos arrangements et vous donnerai son adresse.

Merci pour votre réponse rapide.

Bien cordialement,

Neimad

PS : Sur la photo de gauche, la pile est composée de documents anciens de collection. Au centre, dans ce petit buffet de chevet, des livres plus poétiques ou amusants. Excusez la mauvaise qualité de la photo de droite.

Bien cordialement,

Neimad

*** 

Excuse-moi, Clarice, pour l'intitulé des quatre messages, j'ai oublié de le modifier, il me venait du *mail* de Christelle, mais je sais bien que les biens sont à maman et que l'argent lui revient.

Je voulais être débarrassé de cela pour la dame (dont je n'ai retenu que le prénom, « Fabienne », que nous avons trouvé sur le portable de Christelle, elle serait sur Le Mans, mais je ne la connais pas. Un prénom est plus facile à noter et au téléphone pour dicter son *mail,* elle était pressée).

Bisous,

Neimad, qui vous laisse dormir.

***

Bonjour, Clarice et maman,

M'autorisez-vous à proposer l'enlèvement des livres à la relation que je me suis faite sur Ma ville ? S'il en propose quelque chose, ce sera selon lui.

Déjà s'il les prend et essaie d'en faire quelque chose, ce sera bien beau. Les ouvrages que lui vend sont déjà des livres de collection, ce qui n'est pas forcément le cas ici. Faire un trajet de Ma ville à Sablé pour charger à lui seul un véhicule est déjà un travail qui mériterait rémunération. Le geste serait déjà beau. Il a en plus un étage à descendre chargé, que je trouve dangereux pour l'avoir pratiqué les mains pleines, hier.

Contre le gâchis, c'est tout ce que nous pouvons faire. Je me vois mal me déplacer aussi pour emporter des LIVRES à la déchetterie.

Bisous à toutes les deux,

Neimad

***

Bonjour, Denis, c'est Neimad, l'homme au *Recueil de Pierrot*.

J'ai proposé ce qui suit à ma sœur et ma mère. Ma mère était contente de se soulager, au contraire, elle aurait souhaité faire ainsi, mais ma sœur me répond que cela ajoute du stress au stress, car elle est en vacances, alors je la respecte, même si cela n'enlève rien au mien. Au contraire, je souhaitais pour ma mère comme pour moi m'en libérer. Ma sœur compte plus l'argent, même si elle respecte aussi les gens (les deux, vous devez le savoir, sont difficiles à gérer en même temps).

Je vous envoie les photos aujourd'hui, car pour moi, ce qui est fait n'est plus à faire et j'espère, sans vouloir vexer qui que ce soit, qu'en septembre et après, cela sera réglé. Comme ma mère, je souhaite retrouver mon chez-moi et mes occupations, mon emploi du temps aussi. En ce moment, j'ai les oreilles bouchées, mais ne suis pas mal embouché.

Ma sœur, Clarice, compte faire l'aménagement de ma mère d'abord et gérer le vidage de la maison après. (Ma mère aménage le 20 août et garde le bénéfice de sa maison un temps) Je vous laisserai donc voir avec elle, son mari et elle étant d'anciens fonctionnaires, vous choisirez entre vous votre rythme.

Amicalement,

Neimad

Excusez-moi pour tous ces détails qui ne vous concernent pas tant.

Allez, les photos à suivre.

*\*\*\**

Merci, Clarice, pour ton gentil dernier message SMS : « Alouette ; alouette 😀 »

Oui, j'suis pas très en forme, le genou recommence un peu avec l'étage chez maman. La respiration a du mal à être là aussi.

C'est pour ça que je suis pressé d'avoir accompli ma tâche.

Allez, alouette, alouette, on s'inquiète pas, mais ce soir, j'ai eu des petites hallucinations auditives où j'ai entendu le téléphone de Christelle plusieurs fois… peut-être chez un voisin.

Enfin, c'est calme, ça va mieux.

« Alouette ; alouette 😀 😀 »

*\*\*\**

*Clarice, qui a fait faire un devis pour faire le transfert des objets du déménagement, s'est bien débrouillée, a fait en peu de jours un beau travail !*

Coucou, Clarice,

Si vous allez à l'appart, il faudrait voir si je dois mettre les portes du haut au-dessus du tiroir qui va au centre.

Tu me diras.

Il faudra peut-être aussi que je remette la nativité sur la table, que personne ne s'accroche au petit meuble-colonne et fasse dangereusement tout tomber. Il y aura moins de surprises, par contre, il faut que je pose la statue sur le côté (comme elle est). Ne t'y risque surtout pas, s'il te plaît.

Je vais avoir du mal à installer les deux portières du bas du meuble de cuisine, elles sont très basses, mais j'essaierai (assis).

Si tu t'y risques, installe d'abord les poignées avant les portes (contrairement au mode d'emploi) (mais c'est mon *job*).

On a de la chance avec la météo, en prenant son temps, tout se fait.

Bisous,

Neimad

***

Bonjour, Neimad,

Je ne vois pas bien à quoi ta question sur les portes fait allusion, mais fais comme sur le dessin du mode de montage que tu m'as montré hier, s'il te plaît, c'est ça que Maman veut. Je n'aurai pas le temps de m'occuper des portes du bas, il y a encore beaucoup à faire ici aujourd'hui.

Ne te soucie pas de la statue, on la montrera aux déménageurs en premier, ils verront bien son instabilité actuelle et la prendront d'abord, c'est leur *job*.

J'ai un message d'Amazon disant que le premier colis arrivera finalement aujourd'hui, donc si vous êtes à l'appartement, c'est parfait.

Bisous et à tout à l'heure !

## LES MEUBLES, LES ARBRES…

**Envoyé :** 23 août 2021 à 12 h 02

Maman et Neimad,

Monsieur Pascal Commau, le brocanteur de Sablé, viendra chercher les meubles qui l'intéressaient le jeudi 2 septembre à 14 h 30. Je viendrai (il faut finir de vider la bonnetière et les tiroirs de la grande table, qu'il emporte. Je m'en occupe).

Un bouquiniste du Mans, monsieur Migny, se déplacera le lundi 11 octobre à 14 h pour examiner les livres. Il les emportera tous gratuitement pour nous débarrasser de ceux qu'il n'achètera pas (ils sont donnés à une association pour le Maroc). Il paiera pour ceux qui lui semblent dignes d'intérêt. **Il faut les laisser où ils sont** (et non pas les rassembler dans une pièce dans des cartons comme je le pensais), il a l'habitude des vieilles maisons poussiéreuses, dit-il, et il préfère pour faire son tri. Ça nous arrange.

Si Neimad et Christelle veulent regarder et prendre avant ce qui les intéresse dans ces livres, ce sera bien.

Pourraient-ils aussi essayer d'avancer sur la vente du sèche-linge, du congélateur et de la tondeuse ? Ainsi, le 11 octobre au soir, on en aurait fini avec ce qui présente de la valeur, et on pourrait faire venir le débarrasseur à partir de cette date.

Ensuite, monsieur Aubry pourrait attaquer les peintures pour que la maison soit vendable.

Enfin, il faudra encore trouver un professionnel pour abattre le cerisier et l'autre arbre devant la maison, ils l'assombrissent beaucoup trop et vont finir par attaquer les fondations avec leurs racines.

Je sais que maman n'a pas internet aujourd'hui, mais elle lira ce message quand le technicien sera passé.

Bisous et bonne journée tout le monde !

Clarice

PS : merci de ne pas interférer avec ce que j'essaie d'organiser en rappelant le brocanteur ou le bouquiniste, s'il vous plaît, du moins pas sans m'en parler avant.

***

**Envoyé :** 24 août 2021 à 5 h 23

Bonjour Clarice,

*A priori,* on a la confirmation de Kate pour le sèche-linge à 100 euros. Avant qu'on la fasse se déplacer, est-ce que les deux grands bancs sont réservés, ou plutôt qu'est-ce que Pascal Commau emporte (en gros, si tu ne te souviens pas de tout) ? Peut-être que des choses en plus l'intéresseront, on ne sait jamais, même s'il y a peu de chance. Je crois qu'un beau banc de rangement pourrait lui plaire.

Bisous, Clarice.

***

**Envoyé :** mardi 24 août 2021 5 h 53

C'est re-moi,

J'ai trouvé sur Parcé, donc pas trop loin de Sablé, monsieur et madame DRON, mais je ne les ai pas contactés. Je joins les coordonnées.

Si tu les appelles, comme il y a la cheminée dans la maison, faudra-t-il laisser des bûches débitées pour le bois de chauffage, ou est-ce du bois qui se revend (tu veux dire l'arbre de Judée à gauche de la fenêtre côté cuisine et le cerisier à sa droite (bien sûr)) ?)

Je ne me suis jamais penché sur cette question et je ne sais pas s'ils élaguent pas mal les arbres avant de les faire tomber. S'il y a des saisons.

(Peut-être maman a-t-elle les coordonnées de celui qui a coupé le cerisier au-dessus de l'atelier…)

Il faudra déjà que maman donne son accord et je ne sais pas s'il y a une saison pour la coupe.

Peut-être que ces gens revendent les branchages pour les chauffages à granules, mais je crains qu'un cerisier en forme ait trop de sève.

Rebisous

\*\*\*

Bonjour, Neimad,

Tant mieux pour le sèche-linge.

Pascal Commau n'est pas intéressé par les coffres de la salle à manger, mais il les a estimés à 80 € pièce. Pas de soucis si vos amis veulent en acheter un. Il faudra d'abord les vider. L'un contient des vinyles que le bouquiniste achèterait, ne pas les jeter, s'il te plaît.

Ce brocanteur achète, selon ma liste :
    - La grande table de salle à manger : 150 € (elle est abîmée, pieds et plateau) ;
    - La bonnetière : 200 € ;

- Le support de statue en plâtre : 50 € ;
- Le tableau d'un peintre local qui était dans l'escalier : 100 € ;
- Les vitraux entre la cheminée et la télé : 300 €.

Par ailleurs, en rangeant, j'ai retrouvé un peu d'argenterie et des couteaux anciens que je pense lui proposer. Enfin, on ne lui a pas demandé d'estimer les quatre panneaux sculptés au-dessus du coffre (les quatre saisons) car je pensais que maman voudrait les emporter. Finalement, ce n'est pas le cas. Je pense donc lui demander s'il est intéressé et à combien. Si c'est dérisoire, et si tu es d'accord, je les garderai dans mon grenier pour mes garçons. Si c'est conséquent, je pense qu'on peut les vendre, non ?

Il n'est pas intéressé, mais a estimé l'armoire de la salle à manger à 80-100 €, comme celles de la chambre de maman et de la chambre 3. Il dit qu'il en a plein son hangar et que ça ne se vend plus. Je le crois, il y en a plein chez Emmaüs.

\*\*\*

Merci Clarice pour ces infos précises, cela va beaucoup m'aider.

Peut-être qu'en dehors de Kate, il peut y avoir une autre personne intéressée, déjà Kate se déplace normalement jeudi avec un de ses amis qui est costaud (« Portos » est son surnom).

\*\*\*

**Envoyé :** 24 août 2021 à 13 h 49

Merci pour cette recherche. Je les appellerai et on leur posera la question de la saisonnalité de la coupe. Ils élaguent obligatoirement avant d'abattre, sinon l'arbre dévasterait tout sur son passage. Mais ce sont des professionnels, ils connaissent leur métier.

Non, il ne faut pas laisser le bois pour la cheminée, il y en a déjà à l'arrière de la maison, à moitié caché par une plante. Il y en a aussi dans le garage, que j'essaierai d'emporter, en partie au moins. Par ailleurs, même si ces bois sont propres à la combustion en cheminée, ce que ces spécialistes nous diront, il faut attendre au moins deux ans, je crois, pour qu'ils sèchent. Encore une fois, remettons-nous-en aux professionnels, c'est ce qui a été fait pour le déménagement et je m'en félicite.

\*\*\*

Merci Clarice,

Oui, je me doutais qu'au moins une partie de l'élagage se ferait avant.

Je me doutais un peu qu'il fallait attendre, et tu m'apprends « deux ans minimum ».

Oui, on fera confiance aux pros, tu as raison.

\*\*\*

Il serait souhaitable que maman donne son accord. Mais vous pouvez aussi attendre que cette maison devienne une ruine délabrée envahie par la végétation, comme celle du port, et la vendre péniblement 28 000 €. Attendre que le cerisier arrache la ligne électrique que ses branches menacent déjà dangereusement, que les voisins se plaignent des feuilles ou des racines… C'est vous qui voyez. Simplement, si vous faites ce choix, merci de vous arranger tous les deux et de ne pas me solliciter pour régler les problèmes ou pour la mise en vente.

Bisous et bonne journée.

*** 

Ne t'inquiète pas, Clarice, tu as raison, il faut le faire avec ou sans le consentement de maman.

Je suggérais de lui en parler, sachant que normalement, elle va approuver pour le bien de la maison (pour le port, ils s'étaient mis d'accord pour abattre le cerisier, alors, là, comme ce ne sont que des parpaings, je pense que ça n'aurait pas posé de problème).

C'était juste pour moins la surprendre, ou peut-être moins la troubler. Je ne voulais pas te troubler toi.

Gros bisous,

Neimad

***

Tu sais Clarice, me concernant, garder cette maison, c'est ajouter du stress au stress. C'est pour moi comme pour toi, je vivais pareillement la maison du port pour maman, je n'aurais pas vu le commercial à plusieurs reprises autrement (en plus, il était saoulant).

De plus, pour écouler les meubles sur L'Astuce Achat, j'avais payé de la pub et quand le locataire est venu récupérer ses affaires et qu'il cherchait une faveur, je l'ai presque mis dans sa voiture pour qu'il s'en aille.

Allez, j'essaie de te contacter vendredi.

Gros bisous

P.S. : Pour les bas-reliefs en bois quatre saisons, tu fais comme tu le sens. J'étais tenté à une époque de les mettre au mur de chez nous, mais ça ferait chargé, même à la place des décorations existantes. Si tu veux les garder pour la descendance, même s'il en est proposé un bon prix, tu peux aussi les stocker, me concernant.

Gros bisous

***

Merci, Neimad. Tu sais, cette semaine m'a plus éprouvée que je ne le pensais. Pas tant physiquement, même si c'est lié, que moralement. Voir maman aussi butée dans sa paresse, sa crasse et sa culture du stress inutile me donne l'impression d'avoir fait tout ça, et c'était beaucoup, pour rien et me déprime profondément.

Tu lui trouveras toutes les excuses du monde, je sais, mais moi, je n'y arrive pas.

Ça va passer sans doute. Bisous, petit frère.

*\*\*\**

Bonsoir, Clarice,

Non, ne crois pas que je ne te comprends pas, ses lâchetés, je les ai vécues aussi, ses ruses, comme je te disais, il y a un an (à chercher un alibi, alors que les seuls vrais amis à qui j'arrive à consacrer un peu de temps, ce sont Micky et les amis de Kiki).

Je comprends bien que tu sois obligée de craquer, tu as fait le plus dur pour ce déménagement, Clarice : c'est un peu comme si tu t'étais imposé un double deuil à la fois en une semaine (j'ai bien compris pourquoi) (maman est maman et comme moi sans doute, tu éponges ou à l'inverse supportes ses défauts, quand elle s'attache à des choses).

On est fatigués et émus en même temps, j'ai mon problème de vue depuis un bon moment, comme hier soir, c'est peut-être pour ça que je dis des bêtises.

Et maman qui, toujours à vouloir arrondir les angles, parfois dit des belles bourdes qui sèment la zizanie, on ne la refera pas et GRÂCE à toi, on la sait tous les deux mieux logée.

J'écris de façon automatique avec cette crise du soir qui n'est pas une crise de nerfs, je voudrais au contraire te dire que même si on s'accroche, je suis fier de ma sœurette, qui est bien digne et MA GRANDE SŒUR À MOI.

Je t'embrasse très fort, Clarice.

On voit comment on peut faire pour le tél. de maman, mais à chaque jour suffit sa peine.

## LE TELEPHONE

Maman est plus débrouillarde qu'elle le prétend et même si elle n'avait plus de crédit, elle aura Micky à l'esprit pour la dépanner pour le téléphone.

J'essaie d'en savoir plus sur le futur rendez-vous, mais il faut que je me concentre pour faire front.

Si demain j'y arrive, j'essaierai de faire avec le téléphone de Christelle, ou par Micky.

Si des choses ont changé chez Oringe, fais-les suivre sur le téléphone de Christelle et lâche un bon coup. On verra peut-être Micky pour le congélateur jeudi, oublie un peu maman.

N'aie pas peur pour elle, je te le dis, elle trouve toujours une solution en cas de problème et je lui ai laissé mon numéro de portable pour qu'elle économise son crédit (qu'elle peut dépasser).

Bisous-bisous, Clarice, on a peut-être quelqu'un pour la tondeuse…

\*\*\*

J'ai recopié sur l'ordi le dernier lien qui m'a été envoyé hier à 18 h 41 min 57 s.

Je te mets ma capture d'écran.

## Déménagement Livebox Fibre

 Votre commande du 16/08 a été annulée le 24/08

Si tu peux juste me dire si c'est toi qui as annulé la commande, avec ton approbation, je vais la réitérer, mais à la bonne adresse.

Je commencerai par appeler à leur numéro pour avoir un rendez-vous, sinon ici : numéro de tel Oringe service client gratuit – LE moteur de recherche

J'avais demandé à maman d'aller voir Oringe pour donner la bonne adresse, ce qu'elle a sûrement fait hier matin, mais je ne lui ai pas dit d'annuler la commande.

Ne lui jetons pas la pierre, à mon avis, c'est Oringe qui a annulé parce chez eux, les secteurs de téléphonie sont très particuliers… ils vont à une armoire électrique et il faut qu'ils trouvent la bonne, m'avait expliqué Micky il y a bien quinze ans, ce qu'il m'a redit au téléphone hier après-midi (en confirmation). Donc au moins, on n'aura pas été facturés pour rien.

Est-ce que tu es d'accord pour que je relance le transfert, mais au **5** rue/avenue A. Cezay ?

Je laisse peut-être passer une journée, mais j'ai bien envie d'appeler pour prendre un rendez-vous jeudi 18 h pour maman et moi, ou même sans maman, mais avec mon portable faisant foi.

J'ai juste besoin d'un feu vert, que tu te prennes pas la tête.

Rebisous,

Neimad, qui va traiter les puces dans cette salle qui nous font chier à cause de la terrasse d'ici.

***

Bonjour, Neimad,

Oui, c'est maman qui est allée chez Oringe donner le bon numéro dans la rue et ça a entraîné l'annulation de son rendez-vous.

Oui, s'il te plaît, renouvelle la demande au plus tôt.

Merci et bonne journée.

***

### 60 ANS ET UN BON BILAN

Bonjour Clarice,

D'abord, JOYEUX ANNIVERSAIRE, j'espère que tu tiens le coup.

ET la bonne nouvelle que je t'ai fait suivre par SMS (le rendez-vous du 30/08/2021).

*A priori,* le stagiaire du foyer a mis le nom de maman sur la boîte à lettres et l'interphone là-bas, il faudrait qu'à la première heure, lundi, Danie vérifie, que je n'aille à Sablé que l'après-midi (la nuit dernière avait déjà été nuit blanche pour dégivrer le congélateur).

Il n'est pas parti, mais au moins il est prêt. On a vendu pour 155 euros hier :
- 100 euros : sèche-linge ;
- 40 euros : tondeuse + rallonge ;
- 10 euros : table et chaises de pique-nique ;
- 5 euros : chaise de bureau d'enfant à roulettes.

J'essaie de vendre le congélateur par les relations, mais à 40 euros, il ne part pas, trop vieux, alors qu'il y avait deux personnes intéressées. Je vais le passer à 35 euros.

Je me suis pris les statuettes du moine et du prêtre en buis, si tu les veux, elles seront là.

J'ai emporté la grand-mère en fonte qui prend un bain de pieds de la cheminée et la carabine pour les plombs.

J'ai appelé l'assurance GARANTIE MANCELLE DES FONCTIONNAIRES, ils ont bien reçu la réponse de maman, les courriers se sont croisés, mais comme ça, on a un double du contrat signé de maman (dans la portière de ma voiture).

Bisous Clarice, voilà pour les *news*.

*\*\*\**

Bonjour Neimad,

Bravo, pour les ventes. Tu vends ce que tu veux/peux (congélateur…) au prix qui te conviendra, de toute façon, ça partira avec le débarras sinon.

Je ne comprends pas pourquoi débrancher le congélateur t'a empêché de dormir. C'est sûr que ça a dû mettre de l'eau partout, mais en le cernant de serpillières, ça limitait les dégâts, et le carrelage n'est plus à ça près de toute façon ! Et ce n'est que de l'eau.

On ne va pas déranger Danie, âgé et fraîchement veuf, pour une histoire de sonnette. Maman peut quand même sortir et regarder elle-même, quitte à se faire aider par la gardienne remplaçante pour savoir si l'interphone fonctionne, ou une autre personne du foyer.

*\*\*\**

Non, non, je ne voulais pas dire Danie SIOBUD mais Danie L., vous m'avez dit qu'elle rentrait sans doute le 30.

Finalement, c'est Sissi qui prendra le congélateur, plus le meuble sous la lampe où sont les K7 VHS, entre la bonnetière et anciennement le canapé.

J'ai rappelé la GARANTIE MANCELLE DES FONCTIONNAIRES car maman était inquiète, donc moi un peu aussi. Ils ont juste relancé beaucoup trop tôt.

Maman fatiguait hier midi, elle ne s'y retrouvait plus dans ses clés de maison et de boîte à lettres. Tout allait mieux dès hier après-midi. Je pense qu'elle est bien dans son nouveau logement.

Bisous, bonne fin de journée,

\*\*\*

Bonjour Clarice,

Comme promis au téléphone, plutôt que wetransfer.com, je te joins les liens des annonces que j'ai publiées sur l'Astuce Achat, ça en dit plus.

Pour les amis, j'envoie des mails avec « Moitié prix qui viennent avec la main-d'œuvre (moi, je suis « *out* », juste bon à ouvrir les portes et vider les meubles… et encore) ».

À plus,

Le *« out »*.

J'ajoute d'ailleurs dans ce mail mon profil sur L'Astuce Achat, si quelqu'un le fait suivre.

***

Coucou Clarice,

J'ai tout laissé en valeur, n'ai pas ouvert les armoires, bancs ni dénudé les lits, comme cela il y a un peu de vie, de chaleur et les gens peuvent imaginer le meilleur, ça fera la différence avec les autres et de toute façon, ça aurait été du boulot pour rien.

J'ai mis des prix bas, mais que ça paie le déplacement, car si ça marche, il faudra que je demande à un ami, moi, en ce moment, je ne peux plus m'accroupir, c'est comme la panne camion.

Si je demande à un ami, je lui laisse le billet, donc dans les tarifs, c'est inclus.

Gros bisous, si j'ai une touche, je peux lui dire que tu peux y être jeudi ? Je vais éviter de te faire aller à la maison de maman, quand même, psychologiquement, ça use, j'ai déjà beaucoup vécu ça au port. Sinon je vais mettre le rencard (s'il y a) vendredi après-midi, que je récupère le week-end du 4 au 6/09/21.

Excuse-moi pour le dérangement en bas, j'ai fait appel à Yvan et avec l'ami, même pas le temps d'un pipi, ça va vite !

On prend avec Kiki un week-end de deux nuits du 4 au 6 septembre, car les températures baissent et on n'a pris que trois jours début juillet à Tours dans la famille de Kiki.

Rebisous

# Chapitre II : De critiques à embrouilles

Neimad, c'est quoi, cette histoire de payer quelqu'un pour le transport ? Les gens qui achètent sur L'Astuce Achat se débrouillent pour emporter, ça n'a jamais été de la responsabilité du vendeur !

Laisse Yvan ou je ne sais qui en dehors de ça, Yvan en a déjà fait bien assez : si les gens veulent les meubles, ils les emportent eux-mêmes, sinon ça partira avec le débarrasseur. ON NE GÈRE AUCUNE LIVRAISON, ni en abusant d'un gentil cousin qui ne nous doit rien ni en payant Dieu sait qui : l'acheteur assume ou laisse.

J'irai à la maison jeudi et peux être disponible pour des acheteurs, qui viendront avec les bras et les véhicules pour emporter : c'est le principe de l'Astuce Achat.

***

Bonjour Clarice,

Je n'ai pas l'intention de demander à Yvan, j'ai fait appel à lui pour Sissi parce qu'il me fallait deux bras et rien ne l'obligeait à accepter. De toute façon, on lui rendra la pareille. C'est MON COUSIN autant sinon plus que le tien, tu permets, quelqu'un s'est plaint ?? Mon intention n'est pas de l'embêter, ça va !

L'ami qu'on a sollicité, on lui a laissé le billet parce que c'était MÉRITÉ, il n'y avait pas d'accord convenu. Il a quand même fait deux allers-retours Ma ville/Sablé.

Bien sûr que L'Astuce Achat se débrouille, mais je n'ai pas envie d'être pris de court.

La prochaine fois, je fais dans mon coin, à chaque fois que je rends des comptes, je suis pris pour un con.

Bonne journée,

ET PAIX AUX GENS DE BONNE VOLONTÉ.

***

— Je ne crois pas avoir de leçon de bonne volonté à recevoir de ta part. Et moi, je ne saoule pas les gens avec mes bobos.

— C'est réciproque.

— Je ne vois pas en quoi, moi, je ne te donne pas de leçons de bonne volonté : tu fais ce que tu veux/peux et à moi le reste… C'est de leçons de bon sens que tu aurais besoin. Donner plus du tiers du prix de vente (20 € sur 55 €) à un « ami », ça interroge sur l'amitié, et sur l'intérêt de tout ça.

— Je vous recommande de résilier très vite la ligne, moi, je vois qu'entre toutes les remarques… que je me casse de vos histoires. Voici les liens pour prendre la main.

***

Bonjour la famille, bonjour tout le monde,

Maman est désormais installée dans sa résidence autonomie (on ne dit plus foyer logement…) et semble s'y plaire.

Deux bémols pour l'instant, en cours de résolution :

- Sa sonnette, en bas de la résidence, pour pouvoir entrer, n'est toujours pas opérationnelle (une seule personne sait comment faire à la mairie et elle est en arrêt maladie depuis un moment !) Donc si vous venez la voir, vous pouvez soit utiliser le code-clé WXYZ, qui commande la porte, soit utiliser le nom de l'ancien locataire sur la sonnette, monsieur DUPIN Marcel.

- Son téléphone et internet ne sont toujours pas fonctionnels non plus (Oringe veut faire des trous pour tirer des câbles et Sarthe Habitat, le propriétaire, ne veut pas. Mais on avance…) Donc pour l'instant, si vous voulez prendre de ses nouvelles, ce qui lui fera grand plaisir, vous pouvez l'appeler sur son mobile. Elle le maîtrise mieux, mais n'arrive toujours pas à lire les messages, vocaux ou SMS, donc merci de ne pas en laisser.

Affection,

Clarice

*** 

Neimad, je prends donc le relais. Revoici le point pour toi :

Pour la sonnette, après moult coups de fil, il apparaît qu'une seule personne au CCAS (mairie) de Sablé sait comment faire, et que celle-ci est en arrêt maladie depuis un moment. Maman n'est pas la seule à attendre sa sonnette dans la résidence, ils sont trois ou quatre. En attendant le retour de cet employé et/ou la formation d'un remplaçant, il convient d'utiliser le code-clé WXYZ ou la sonnette du précédent locataire, monsieur DUPIN Marcel.

Pour Oringe, l'option Music, qui aurait été activée le 16/08, est annulée. Elle n'a jamais été facturée.

Ce sont désormais mes coordonnées qui sont en contact, c'est bien ainsi.

Les travaux consistent à tirer des fils pour la fibre du bas jusqu'à l'appartement de maman. Le propriétaire refuse, évidemment. Parce que c'est inutile, juste plus facile pour Oringe, mais le dispositif existant permet tout à fait le raccordement. Aussi parce que quand Oringe a fait des trous partout, il ne s'occupe pas de reboucher et de repeindre.

Le responsable chez le propriétaire m'envoie un *mail* résumant cela aujourd'hui, que je transmettrai à Oringe. Ensuite, soit Oringe se branche sur l'existant, comme pour les autres résidents, soit maman changera d'opérateur, je m'en occuperai.

Maman, Danie L. et toi avez entendu les gens d'Oringe dire qu'ils reviendraient jeudi 2 septembre à 14 h, mais Oringe n'a aucune trace de ce rendez-vous. J'y serai, on verra bien.

Ça m'a pris la matinée, et personne ne me fait le ménage, les courses, le linge… mais c'est ainsi.

Bonne journée,

Clarice

\*\*\*

Le bailleur social ayant énoncé des conditions très strictes pour ces travaux liés à la fibre, Oringe y renonce. Maman sera connectée via l'ADSL lundi matin 6 septembre à 10 h.

Je ne vais donc plus la voir jeudi, mais ce lundi 6. Un opérateur d'Oringe m'appellera à 11 h sur mon mobile pour me guider dans la connexion, si elle n'a pas été faite par les techniciens (ce n'est pas dans leurs attributions, mais certains le font).

Ce troisième interlocuteur Oringe depuis ce matin n'a pas non plus trouvé trace d'un rendez-vous jeudi 2 septembre à 14 h. Bien que vous l'ayez entendu tous les trois, j'en déduis que personne ne se présentera.

Bonne journée.

#### \*\*\*\*\*\*\*\*\*\*\*\*\*\*\*\*\*\*

*Interludes : SMS de Clarice*

*À toi de jouer, monsieur Bonne Volonté. Moi, je suis la brave fille qui nettoie la m... et y'en a ! De 9 h le matin à 11 h le soir, du lundi au samedi, pour une mère qui s'en fiche et un frère qui fait des apparitions pour monter trois meubles à son rythme et se plaindre encore et toujours.*

\*\*\*

*Et que ça te fasse une nuit blanche comme ce pauvre congélateur, mal au genou ou au petit doigt : JE NE VEUX PAS LE SAVOIR.*

\*\*\*

*Je serai à la maison de maman à 14 h jeudi, pas à l'appartement. Je te laisse gérer Oringe, qui vient à ce moment-là. Ce n'est pas trop physique ni trop matinal, mais tu vas bien trouver quelque chose pour pleurnicher.*

\*\*\*

*Message du 38052 : Mathilde, vos moyens de contact ont changé, Clarice est maîtresse des opérations pour votre fibre Oringe…*

***************

Bonjour Clarice,

Non, Clarice, personne ne se présentera jeudi 2 septembre, car on devait se donner confirmation.

La fibre, c'est cassant, ça n'a jamais été intéressant pour les personnes âgées, même pour moi, l'ADSL est moitié moins cher que la fibre, du fait surtout que je n'ai pas pris la télé avec la *box* (ça nous coûte en moyenne 33 à 35 euros).

Maman, avec papa, a gaspillé 25 euros/mois de télé numérique au minimum depuis trois ans, plus Canal +…

J'ai rappelé tout ça à maman, même le fait qu'ils déclarent leurs documents par internet (impôts et tout ça, alors que c'était bien à eux de l'empêcher en boycottant ces actes de plus en plus forcés et obligatoires — au moins le ralentir, tout le monde n'a pas la chance et l'instruction de nos parents. Tout le monde n'a pas obligatoirement famille et amis à solliciter, et non plus de personnes SI disponibles). On est loin des 50 FF Grand Maximum de téléphonie de 1980, il y a 40 ans pour un revenu de 7000 FF/mois.

J'ai vu à son sourire qu'elle s'en fout, peut-être même qu'elle se moque de moi.

Alors laisse-la s'en débrouiller ou fais comme tu le sens, elle n'est plus à gâcher 55 euros par mois pendant deux ans, ça la concerne. À vouloir toujours le plus cher pour ne pas s'en servir en fin de compte… le mieux est le vieux câble d'antenne et un fournisseur abordable (nous, c'est la curatelle qui nous a mis chez Oringe par intérêt pour l'État) (et je les ai appelés il y a une semaine pour leur dire que je ne veux pas de la fibre).

Bon courage…

Il me semble, d'après ce que j'avais survolé du contrat, que tu as 21 jours à partir du 16 août pour te rétracter (?)

Le tout est que la boîte *mail* de maman reste active (ça serait gratuit), mais tu n'es pas obligée de lui souscrire l'ADSL, cependant j'ai peur que ce soit comme ça que le téléphone marche (Ethernet).

J'ai remarqué que maman se porte mieux sans ordi, et que plus ça ira, nous aussi…

***

Bonjour, Clarice,

Merci pour les infos,

J'essaierai de passer la voir quand j'irai à Juigné fin octobre, en attendant, tu peux lui passer un petit bonjour de notre part ainsi qu'à Neimad.

Bisous,

C., ta cousine

***

Merci Clarice et C., pour le petit mot, nous vous embrassons aussi tous les 2x2.

Bisous,

Neimad

\*\*\*\*\*\*\*\*\*\*\*\*\*\*\*\*\*\*

*Interludes II : ANNEXES de Neimad*

*Annexe 1*

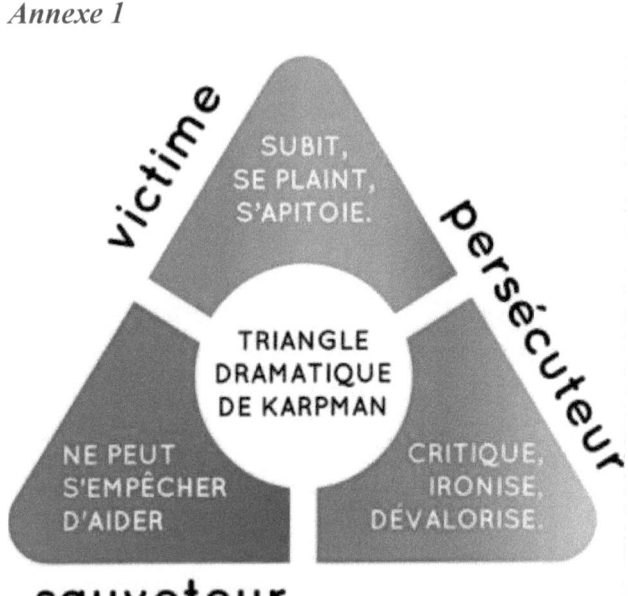

*Annexe II*

Maman,

Débrouille-toi avec ta fille, j'ai fait ma part de masochisme.

« Si vous attrapez un crapaud, vous le mettez dans une marmite avec de l'eau et vous portez au feu, vous remarquerez quelque chose d'intéressant : le crapaud s'adapte à la température de l'eau, reste à l'intérieur et continue à s'adapter à l'augmentation de la température. Quand l'eau arrive au point d'ébullition, le crapaud, qui aimerait sauter du pot, ne peut plus parce qu'il est trop faible et fatigué à cause des efforts qu'il a faits pour s'adapter à la température.

Certains diront que ce qui a tué le crapaud, c'est l'eau bouillante… en réalité, ce qui a tué ce crapaud, c'est son incapacité à décider QUAND il devait sauter.

Alors arrêtez de vous "adapter" aux mauvaises situations, relations abusives, amis parasites et bien d'autres choses qui vous "échauffent". Si vous continuez à vous adapter, vous risquez de "mourir à l'intérieur".

Sautez dès que vous le pouvez, autant en amour qu'en amitié, au travail et en affaires !

Un ami m'a transmis ce texte ce matin… et je trouvais cela excellent, c'est pour cela que je le partage… »

Là où Clarice est maniaque, nous, on ne l'est pas et comme c'est elle qui t'a pris ton compte en banque, elle peut faire faire le ménage pendant deux jours, il y a des entreprises pour cela.

Ensuite, j'arrête là mes trajets à Sablé, comme lundi matin dernier pour la fibre et SURTOUT, je ne voudrais pas avoir à nouveau un livre noir à écrire.

Maintenant, je vais chercher l'énergie d'une douche.

Neimad

# Chapitre III : battre en retraite

## EXCUSES

Bonjour Neimad,

Juste un petit mot pour te dire que je suis désolée d'avoir été désagréable.

J'ai passé six jours d'autiste chez maman, à nettoyer-trier-nettoyer-trier… Douze heures par jour, sous le sourire indifférent de maman, comme tu le décris, voire surpris que les choses se nettoient. Je ne le regrette pas, il n'y avait pas d'autre choix de toute façon. Quand je suis rentrée chez moi, j'ai trouvé d'autres soucis, Run et son absence d'enfant (nouvelle fausse couche), et d'autres qui te saouleraient, mais qui ont ajouté à mon découragement.

Toi, tu arrivais « en touriste », ou en grand seigneur qui fait un prix sur les meubles à ses copains, tu sollicites notre cousin pour eux et leur donnes même de l'argent pour rendre service.

Est-ce que je me trompe en pensant que personne n'a jugé utile de nettoyer derrière ces meubles enfin déplacés ? Et/ou que ce qui était dedans ou dessus a été laissé en vrac ? Au petit personnel de s'en occuper ? Il y a encore des balais dans le placard et des cartons dans le garage… Mais je deviens peut-être parano, moi aussi, vous l'avez peut-être fait.

Je sais que tu as essayé de bien faire et j'apprécie. Je suis juste fatiguée de l'écart entre nous, moi qui me tape le sale boulot, dans tous les sens du terme, à temps plus que plein, et toi qui fais moins, à ta façon qui n'est pas la mienne, mais que je devrais respecter, c'est certain, et qui te plains constamment de ce moins accompli.

C'est étrange parce que tu peux couper les cheveux en quatre pour certaines choses, imaginer des catastrophes improbables, et par ailleurs, tu peux manquer totalement de rigueur pour d'autres, comme les photos sur L'Astuce Achat (encore une fois tu as bien fait), où tu n'as pas eu l'idée d'enlever le bazar sur le lit bateau ou le chevet pour les mettre un peu en valeur.

Bon, je te laisse méditer ces remarques, dont tu feras ce que tu voudras, et t'embrasse, ainsi que Christelle.

Neimad, tu es malade : c'est entendu. Je ne le suis pas : c'est entendu. Je ne te demande donc pas d'en faire plus si tu ne le peux pas. Juste de faire jusqu'au bout ce que tu décides de faire (aplatir les cartons dans le local poubelle, nettoyer après enlèvement de meubles…) et de ne plus te plaindre, s'il te plaît.

Ces plaintes permanentes exacerbent la fatigue et la colère de ceux qui font plus, ce qu'ils regrettent ensuite, mais tu tailles les bâtons pour te faire battre, arrête, s'il te plaît.

*** 

Clarice, à chacun ses soucis, en fait très gros pour Tous les Deux. J'essaie de retrouver l'énergie pour mes deux visites de chirurgie mardi (ce n'est pas une plainte, mais une réalité). S'il te plaît, laisse-moi du temps, tu m'as fait bloquer, et n'hésite pas à faire faire, qu'on soit soulagés tous les deux, si l'inaction te pèse (la mienne incluse), et c'est le déménagement de Maman, elle le paie avec son argent, pas avec les humeurs et le moral de ses enfants.

Il n'y a rien à quoi je tienne dans cette maison, ni poussière ni souvenirs.

Essaie aussi de ne pas te plaindre d'en faire trop, décharge-toi, maman a les clés, beaucoup de confort, d'argent et une femme de ménage qui rentre de vacances.

Bisous, fais tout faire par téléphone, ou relâche, mais décharge-toi (et pas sur moi 😊).

Allez, Clarice, laisse tomber cette merde de maison un temps, elle nous désunit, moi me démolit aussi…, maman visiblement ne compte pas sur elle (la maison, ou qu'elle l'assume) et moi non plus. Je ne dis pas qu'il faut abandonner, mais j'en ai super marre des trajets à Sablé (là, enfin, je me plains, car j'ai du mal à me ressourcer, tu as, depuis le début été la première à critiquer). Et c'est maman qui est sur place.

## MISES AU POINT

Maintenant, regarde qui se plaint : moi, j'ai renoncé de longue date, même à me justifier, sachant que tout ce qui compte, c'est que tu aies le dernier mot et je n'apprécie pas les ennuis stériles.

Par contre, ne me parle pas de journées de douze heures, s'il te plaît, tu es mal placée et ce n'est pas parce que tu fais une semaine (six jours, dates que tu as choisies) ainsi que je dois faire des journées de dix-huit heures. Il ne faut pas me demander plus de trois heures dans les endroits que je ne supporte pas, c'est tout ce que tu gagnes à critiquer (en t'en défendant un peu) : des endroits où je n'ai pas « envie » de retourner. Plus je reçois de critiques malvenues (maintenant de madame L. qui aurait mieux fait de se plaindre à la personne concernée, elle a mon téléphone, elle en aurait appris de belles), moins je supporte de rester quelque part. Surtout qu'avec un traitement à prendre à 18-19h, à d'autres le balai et le « pliage de cartons » avant la route à 19h30 (médicament non pris). Ça s'appelle de la schizophrénie, tu te rapproches de l'autisme auquel tu fais allusion, que tu n'es pas (autiste). Sur cette trop grosse tâche, j'espérais aussi qu'on serait aidés par Marie-France et Jeanne (ou toi, mais tu m'as répondu que c'était ajouter du stress au stress) et je suis venu deux après-midi avant toi pour, seul, me trouver découragé. L'aménagement aurait été fait, je demandais au Monde solidaire de venir tout saisir.

Maintenant, les balais et autres petits ou gros matériels (échelle), monsieur Aubry m'a dit qu'« il est intéressé par des petites choses (sans préciser) » et de les lui laisser moyennant finance.

Enfin ceux qui vont SE FAIRE PAYER pour récupérer tout cela (voir un chiffrage de 500 euros de vente), qu'eux vont se faire payer 500 euros pour enlever, ils ont le droit de passer le balai et la serpillière derrière, pas besoin de le faire trois fois (surtout si la tapisserie est arrachée et refaite par un pro). Mais 20 euros pour un ami costaud qui travaille pour deux et fait 110 km de temps et de route perdus, c'est trop…

C'est intéressant de voir comment tu négliges les gens de L'Astuce Achat qui devront prendre un escalier impraticable (du fait de la crémaillère), ou ton frère ou d'Oringe, mais épargner le personnel spécialisé dont c'est le choix et la compétence que de vider des lieux et qui réclament de l'argent pour un travail de vautour ne te pose pas de problème. Il n'y a pas de sot métier et ce n'est pas le mien.

Qu'est-ce que c'est que cette histoire de ménage ? Marie-France s'est pointée le 30 pour du ménage du 25, quoi d'anormal à ce qu'elle passe le balai ?

J'attends pour t'envoyer cette réponse à « des excuses à porter à maturation (?) » que tu sois reposée, que tu aies ta traditionnelle répartie salée.

Pour ce qui est de perdre du temps, là, on est doués avec tes critiques-plaintes.

Et puis j'ai enfin pu prendre le temps d'une douche pour la semaine. Une bonne chose de faite qui aurait dû passer en premier, mais ça, t'as raison, on s'en fout.

***

Je ne crois pas que Maman puisse faire plus aujourd'hui, Neimad. Elle est âgée et toujours fragile, malgré les piqûres, qui sont déjà assez magiques, je trouve.

C'est sûr, elle aurait pu faire plus tôt, jeter le catalogue Bricomarché de 2010 depuis un moment, par exemple, trier plus tôt… On va dire que papa l'a accaparée quand elle était encore en forme. En tout cas, si aujourd'hui, elle peut être difficile à comprendre, elle a été une bonne mère pour nous deux, n'a jamais ménagé sa peine pour notre intérêt. On lui doit vraiment notre aide aujourd'hui, à la mesure de nos capacités.

On en voit le bout, t'inquiète, et je vais suivre tes conseils et me ménager. Sa sonnette est enfin en service, elle a dû te le dire. Le téléphone devrait être

OK lundi midi. Après, la vente de la maison et la fin du vidage (*via* des pros) pourraient être très rapides. Dave Gatinor, l'agent qui a vendu la maison du port et fils de sa dame de ménage, m'a envoyé un message aujourd'hui, il aurait deux acheteurs ! Maman lui fait moins confiance parce qu'elle trouve qu'il a bradé la maison du port, mais étant donné le marché à Sablé et l'état de délabrement de cette maison, moi, je crois qu'il a fait au mieux.

Bref, je te tiens au courant, mais le plus dur est derrière nous.

Bisous à tous les deux,

Clarice

\*\*\*

Merci, Clarice, pour ces bonnes nouvelles.

Oui, maman a fait ce qu'elle a pu, on ne peut pas dire au mieux, me concernant, mais c'est de l'histoire ancienne vieille de mes treize ans et elle a toujours essayé de compenser.

Oui, je vais faire confiance à Dave, c'est vrai qu'avec lui, ça va très vite. Pour quelques milliers d'euros en moins, la priorité pour moi est humaine, moins de soucis et une bonne entente entre nous trois.

Je préfère ménager mon train de vie, tiens plus à l'entente avec mes proches (ça n'a pas de prix).

Bisous, Clarice, merci.

## LE PASSE ET L'AVENIR

*Je me souviens que mon père avait peur de Clarice, sa propre fille, moi pas. Je suis schizophrène, n'ai pas peur de la mort. Elle met encore tout sur le dos de son père et se sert de moi pour ce qui me paraissait être son « sadisme ». Ma mère l'avait dit : « toi et elle, c'est le jour et la nuit ». Elle facilement agressive, moi très bon en défense en sport.*

*Je réalise que ce que j'ai échafaudé en défense par mes nombreuses nuits blanches depuis ses attaques d'il y a dix-huit mois tient debout. Je deviens comme au basket, rapide, la balle interceptée, à riposter.*

*Mais les sports de compétition ne sont pas de ma philosophie, même si elle a été sadique, ce que je ne pense plus, mais trop exigeante à vouloir reprendre et imposer ses manières, je préférerais qu'elle apprenne le côté « grand seigneur » qu'elle néglige, ne croyant qu'en l'argent. Il n'y aura pas de gagnant. Ma mère en usera un peu, pour en gagner plus à la vente. Après, si Clarice lui en a pris sur son compte, la justice constatera, à la mise sous tutelle, car les comptes ne peuvent qu'augmenter ou rester stables pour maman. Je pense ma sœur honnête et, pour moi il n'y aura pas de soucis, la vente de la maison terminée. Ce ne sont que de très bons actes qu'elle a bien fait d'entreprendre. Elle met juste très souvent la barre très haut et je la copie en achevant ce travail de mise à plat qui me suffoque. Elle voulait que je travaille, c'est le cas et j'arrive à libérer du temps.*

*Mon beau-frère va enfin prendre sa retraite, c'était aujourd'hui son premier jour, il pourrait y avoir du sport s'il était aussi désagréable qu'il l'a été l'an dernier. Cependant j'attribue son défoulement sur moi à la COVID.*

*Peut-être que Clarice commence dès ce premier jour de retraite de son mari à déchanter, j'espère que non, mais au moins réalise-t-elle qu'avec 900 ou 1000 euros par mois, fini la fibre, toutes ses chaînes et Canal +, le cinéma. Peut-être réalise-t-elle la faune des smicards. Ou peut-être craint-elle l'ennui, ce qui ne me concerne pas.*

*Peut-être ses dents sont-elles plus blanches que les miennes, mais moins bien arrimées. Peut-être, elle après ma mère, devra-t-elle changer aussi sa vie.*

*Peut-être ce déménagement n'était-il qu'une préparation sage, pour elle aussi vivre une nouvelle vie.*

*Quel sera l'acabit du fan de foot, fier de dire qu'un couple n'est pas censé vivre en permanence ensemble ? Clarice aura-t-elle toujours le loisir de retrouver la cuisine prête et rangée ?*

*C'est ma sœur, mais après ces derniers dix-huit mois, je ne sais rien souhaiter, sinon qu'elle comprenne, sans trop la vivre, la condition de handicapé (qui est sensé toujours la boucler).*

*Je me demande cette semaine s'il faut chercher à comprendre une maladie sournoise ou simplement l'admettre. Je crois qu'admettre serait la solution simple (et non simpliste).*

*J'arrête-là ce travail, avec la chaleur et les effets secondaires du traitement, je suffoque et mes yeux veulent « plafonner » (ils remontent toujours en amont de ce que je regarde).*

*Fin*

*Neimad Siobud*

# Épilogue : « Petits bobos »

Prescriptions relatives au traitement de l'affection de longue durée reconnue (liste ou hors liste)
(AFFECTION EXONÉRANTE)

Le 16/02/2021

① ARIPIPRAZOLE 5 p : 1 comprimé matin et soir
② FLUOXÉTINE 20 p : 2 gélules le matin
③ RISPÉRIDONE 2 p : 1 comprimé le matin, à 18ʰ
   et 2 cp au coucher
④ ALPRAZOLAM 0,5 p : 1 comprimé le matin, le midi
   à 18ʰ et au coucher

A renouveler 2 fois

QSP
1 mois

Prescriptions SANS RAPPORT avec l'affection de longue durée
(MALADIES INTERCURRENTES)

⑤ TELMISARTAN 80 p : 1 comprimé le matin
⑥ XARELTO 10 p : 1 comprimé le soir

A renouveler 2 fois

QSP
1 mois

RDV prévu le 22/03/2021 à 16ʰ

### IRM du genou gauche

**Indication ou motif de l'examen :**

Gonalgies internes.

**Technique :**

Exploration du genou gauche dans les séquences trois plans DP fat Sat et sagittales T1.

**Résultat :**

Pas d'anomalie de signal suspecte de la trame osseuse.

Épanchement intra-articulaire de grande abondance avec kyste poplité s'étendant sur 43 mm de hauteur.

Intégrité de l'appareil extenseur et du pivot central.

Intégrité des ligaments collatéraux médial et latéral sans infiltration des parties molles adjacentes.

Pas d'anomalie à l'insertion distale des tendons de la patte d'oie et de la bandelette iliofémorotibiale.

Amincissement sévère des surfaces cartilagineuses fémorotibiales médiales avec extrusion complète du ménisque médial qui présente un hypersignal DP à hauteur de son tiers moyen et de sa corne postérieure. Il existe une probable fissuration à complexe à ce niveau. Pas de luxation d'anse de seau au sein de l'échancrure intercondylienne. Pas d'œdème de l'os sous-chondral.

Intégrité de forme et de signal du ménisque latéral. Pas d'anomalie évidente des surfaces cartilagineuses fémorotibiales latérales.

Anomalie de signal à type d'ulcération cartilagineuse focale de moins de 50% de son épaisseur à hauteur de la gorge trochléenne évoquant une chondropathie fémoropatellaire débutante. Pas d'œdème de l'os sous-chondral à ce niveau.

Pas de masse suspecte au sein des parties molles.

**Conclusion :**

Gonarthrose fémorotibiale médiale avec extrusion complète du ménisque médial.
Chondropathie fémoropatellaire débutante.

PÔLE SANTÉ SARTHE ET LOIR
LA CHASSE DU POINT DU JOUR
C.S. 10 129 LE BAILLEUL
72 206  LA FLÈCHE CEDEX
TEL : STANDARD : 02 44 71 30 00

# Table des matières

© 2021 SIOBUD, Neimad
Édition : BoD – Books on Demand, 12/14 rond-point des
Champs-Élysées, 75008 Paris
Impression : BoD - Books on Demand, Norderstedt,
Allemagne
ISBN : 9782322395743
Dépôt légal : Septembre 2021